나와 나의 노래

국립중앙도서관 출판시도서목록(CIP)

나와 나의 노래 : 금동식 시집 / 지은이: 금동식.
-- 서울 : 북랜드, 2014
p. 128 ; 14.5×20.5cm

ISBN 978-89-7787-625-5 03810 : ₩10000

한국 현대시[韓國 現代詩]

811.62-KDC5

895.714-DDC21   CIP2014033321

금동식 시집
나와 나의 노래

인쇄| 2014년 11월 25일
발행| 2014년 12월 5일

지은이| 금동식
펴낸이| 장호병
펴낸곳| 북랜드
     135-936 서울 강남구 강남대로 320 황화빌딩 1108호
     대표전화 (02) 732-4574 | (053) 252-9114
     팩시밀리 (02) 734-4574 | (053) 252-9334

등 록 일| 1999년 11월 11일
등록번호| 제13-615호
홈페이지| www.bookland.co.kr
이-메 일| bookland@hanmail.net

편집주간| 김인옥
영   업| 최성진

ⓒ 금동식, 2014, Printed in Korea
저자와의 협의하에 인지를 생략합니다.

ISBN 978-89-7787-625-5   03810
값 10,000 원

나와 나의 노래

琴東軾 詩集

북랜드

또 한 권의 詩集을 내면서

　이번 시집 『나와 나의 노래』 또한 유행에 물들지 않고 時流에 便
乘하지 안 한, 나는 내 나름대로의 서정을 지켜 왔으며, 그리고 어
렵게 쓰는 시보다 쉽게 쓰는 시가 더 어렵다는 사실을 사실로 알고
는 있지만 아직 素描에 불과하다.

　시를 모아 보니 모두 비슷비슷한 시들이기에 部別 없이 한데 섞
었으며, 그리고 정도철 사장의 많은 도움을 잊을 수 없으며, 이 시
집을 주선해 주신 장호병 교수의 전적인 협조가 있었음을 밝히며,
또 수고를 수고로 생각지 않고 수고해 주신 이재인 국장과 최돈정
화백의 표지 그림, 참으로 감사합니다.

2014년 가을

琴東軾

차 례

나무라는 나무는

나무라는 나무는
추우면 추울수록
옷을 벗어버리고
발가벗어버리고
깊은 생각에 잠긴다

또 더우면 더울수록
더욱 무성하게
옷을 입고
더부룩하게 옷을 입고
흔들흔들 마음으로 걸어간다

햇빛 밝은 쪽으로
가지를 뻗고
휘저으며 휘저으며
길을 연다
마음으로 걸어가는
길을 연다

나목의 경우

버리고 버려도
모자라서
발가벗었습니다.
이제 더
어떻게 하란 말입니까
겨울이면 겨울
죽지 못해 살아갑니다

그러면
修道하란 말입니까
아니면
殉教하란 말입니까
아무리 생각해도
봄은
우리의 것입니다
殉教하겠습니다.

달팽이의 行步를 보며

달팽이가
나뭇가지
한 가지로
먼 길을 간다
찐득 찐득
이 가짓길을
언제 다 가나

달팽이여
달팽이여
정이라면
정이랄까
정과 정이
끈적끈적하게
살아가는
그들도 그들이지만
우리들도 우리들이다.

대숲에 와서

대나무의
곧고 굳게만 살아온
세월이 恨인가
忍苦의 흔적이
마디 마디마다 맺혀 있다
마디가 마디를 돋우며
다 함께 서 있는

대숲에는
대숲의 바람이 불고
몸부림인가
서걱이는 소리 있어
더 적적한
대나무여
대나무여.

코스모스 行事

코스모스는
약속이나 한 듯 모두
가을이 오는 길 가에
줄지어 서서
꽃이란 꽃은
각색의 깃발을 흔들며
온 몸으로 흔들며
한들한들 가을을 환영한다

가냘프지만
소리 없는 소리를 지르며
가을을 환영한다
하늘은 높고 푸르다
코스모스는 바람과 함께
가을을 謳歌하며
하느적거리며
행사는 이어지고.

별똥

별똥 떨어진다
별똥 떨어진다
별똥 주우러 가자
별똥 주우러 가자
나 또래 아이들과 달려가서
산기슭 풀 섶을 헤치며
풀 섶을 헤치며

거기 있는
별똥을 주웠다네
별똥이 염소 똥인줄은
그땐 몰랐네
아 그 시절, 그 시절이
그리워라.

귀뚜라미

간밤에 울고 울던
귀뚜라미가
방바닥에서 뛴다
따닥 따닥 소리를 내며

배가 볼록하게
긴 다리로
따닥 따닥 뛴다

간밤에 노래하던
내가 왔다고
방바닥에서 뛴다.

밤

밝은 세상이
어둠으로 뒤집혀지고

희미한 街燈처럼
달이 켜졌다.

거리 거리 불빛이
어둠에 반항하고

바람이 술렁거리지만
밤은 까딱 않네.

이해 못할 밤

어둡고 캄캄하여
도무지 밤을 이해할 수 없다
밤하늘에 달이나 알까
별은 너무 멀고

가로등이 희미하게
어둠을 빨아들이고 있다

가로등은 밤을
조금은 이해한다 말인가

이윽고 달이 비껴가고
캄캄하면 캄캄할수록
더욱 별이 빛나지만
도무지 이해 못할 밤이다.

목련꽃 피는 소리

귀 기울여도
귀 기울여도
들리지 않는
목련꽃 피는 소리를
눈으로 듣는다

하얗게 피는 소리는
하얀 마음의 소리다
그 소리
들릴 듯 들릴 듯
눈으로 듣는다
순백한 마음의 소리를.

미루나무는

마루나무는
발돋움하며
발돋움하며
키대로 서서
기다림으로
기다리며 서 있다
그렇게

미루나무는
보이지 않는
그리움으로
그리워하며 서 있다
너와 나처럼
그렇게.

오늘 오는 비는

비는
심심해서 심심해서
그렇게 오고 있다
어슬렁 어슬렁

비는
오기 싫어 오기 싫어
그렇게 오고 있다
가만히 가만히

비는
가며 오며
오며 가며
그렇게 오고 있다
소리 없이

비는
오늘 오는 비는
보슬 보슬 그렇게
마음에서 오고 있다
시름없이.

그리움처럼

詩心이랄까

물결이 일고
물속까지 일렁이는
일렁이는
마음 같이

어쩐지
어쩐지
마음이 설레이는

설레이지 않고는 못견디는
못견디는
마음이어라

그리움처럼
그리움처럼.

3월은

3월은
봄 속에
겨울이 있는 달이다

겨울 옷을 벗지 못하는
어중간한 달이다

봄이 주춤거리며
꽃을 피우는 달이다

봄은 왔지만
봄을 기다리는 달이다

자주
눈 비가 오고 가는
변덕스러운 달이다

3월은
그렇고 그런 달이다.

5월은

봄을 보내기 위하여
여름이 들어오는 달이다
신록이 녹음으로
짙어가는 달이다
알면 알고
모르면 모르고
봄에 피는 꽃이

피었다가 지는 달이다
시원하다면 시원한
알맞게 더운
5월은
싱그러운 달이다
5월은.

마음은 언제나
— 나무들의 산보

오늘도
흔들 흔들거리며
걸어가는 걸어오는
나무들을 본다

나무들은 서 있지만

흔들 흔들거리며
걸어가고 걸어오는
움직임을 본다

나무들의 산보인가

가면 어디까지 가나
흔들흔들 흔들거리며
마음은 언제나 가고 오고.

바다와 육지

파도가 쉬지 않고
몰려오며
왜 반항하고
거부하는가를
육지는
깡그리 모르고 있다

끊임없이 오고가는
바다의 몸부림을
옛날엔 그것이

그리움이었던 것을
육지는
까마득하게 잊어버리고 있다

육지는 육지이기 때문에
모르고 있는 것일까
모를 일이다.

돌과 나비

돌에 나비의
살과 살이 닿으면
돌이 꽃이 되는가

그러면 돌에도
생기가 돌고
향기가 나는가

시들지 않는
돌꽃이 되는가
사철 피어있는
돌꽃이 되는가

나비가
돌에 앉아 있는
돌꽃을 본다.

여기 이렇게

여기 이렇게
꽃 한 송이
시들고 있다

아직 살아야겠다고
살아야겠다고
시들고 있다

꽃이 지고 말면
그만인 것을

아직 살아야겠다고
살아야겠다고
시들고 있다.

가을의 맛

가을의 맛은
달더냐
쓰더냐

아니야
아니야
아무 맛도 없는

50

허전한
허전한
그런 맛이더라
아무 맛도 없는.

말하자면

아들이 아버지에게
까치를 까마귀라고 한다
까치를 까마귀라고 하는
아들에게 아버지가
까마귀는 까마귀이고
까치는 까치라고 하였으나
아들은 어리둥절하다

그것이 오늘날의
아버지와 아들의 세대다
요즈음의 젊은이들은
모르는 것은 모른다
아버지는 생각한다
아들아 너도
겪어보면 알리라.

하늘

하늘에는 오늘따라
헤매는 구름 하나 없다
하늘은 깊어서 푸른가
하늘에서 하늘은
여기까지 내려 와 있다
그래서 그런지
하늘의 높이를 모른다
또한
말 할 수 없이 넓고 넓어

하늘의 넓이를 모른다
하늘에는
해 달 별들이 살고 있다
환하게 희미하게
반짝거리며 살고 있다
하늘은 심심하면
눈 비를 뿌리며
그 밖에 모르는 것은 모른다.

오늘 설날은

아흔을 바라보며
나도 오늘은
설이다 설날이다
어느 누가 가지고 온
차례 음식을 먹으며
오늘은 나도
어린 시절의 어린 시절의

설날을 맞이한다
동심의 설날을 맞이한다
홀로 살면서
오늘 설날은
마음 가득
어머니가 그리워라.

거울을 닦으며

날마다
거울을 닦는 까닭은
내 마음이 맑아지라고…

내 마음
거울이 되도록
닦고 닦아야지

거울은
내 마음의
얼굴이니까.

잠을 자기 위하여

누워서
만 가지 생각이 오고 간다
엎치락 뒤치락
몸부림의 연속이다
누웠다가 앉았다가 하며
뜬 눈으로
밤을 새울 것인가
고통 다음에 오는
괴로움인가

괴로움 보다 더한
고통인가
분간할 수 없는
잠이 오지 않는 밤이다
잠은 멀고 멀다
아 꿈 꾸고 싶어라
꿈이라도 꾸고 싶어라.

가고 간다

가고 간다
가는 데까지
가고 간다
지난날은 지난날이고
앞날은 앞날이고
알면 알고
모르면 모르고
가고 간다

휘청거리며
오늘이 어제같이
절뚝거리며
가고 간다
길은 한 길로
가는 데까지
가고 간다.

도심에 살면서

여기가
사람이 사는 동네인가
고요하다
너무 고요하여 무섭다
무인도 같다
이런 무인도 같은
도시 중심지

뒷골목에 살고 있다
집집마다
대문이 굳게 닫혀 있을 뿐
기척이 없다
도시 중심지
무인도 같은
뒷골목에 살면서

고향은 고향

높고 낮은 산이
몇몇 집들을
에워싸고 있는
마을은 마을이다

동네 가운데
늙고 늙은 느티나무가
언제부터인지
이 마음을 지키며
아직 잎을 피우고 있다

계곡 물은
마을을 가르며
흐르다가 마르고
흐르다가 마르고

저기 저기
여기만한 하늘이
날마다 내려다보며
하루를 열고 닫는

倭政에서
해방된 감격을
몇 날 며칠만에 전해들은
깊은 산골이다

여기
두메에서
내가 태어난
내 고향이다

이제는
한 집안이며
가까운 아무도 없는

다만 뒷산에
先塋만이
우리들을 기다리고 있을 뿐

가깝고도 먼 고향이여.

아무도 없는 여기

아무도 없는 여기
여기에 내가
홀로 서 있다

아무도 없는 여기
아직은 여름인데
가을바람이 불어온다

아무도 없는 여기
아무도 없는
외로움이 있다

아무도 없는 여기
있는 듯 없는 듯
햇빛과 그늘이 있다.

마음이 편안하면

이렇게 마음이 편안하면
괴로운 일 괴로운 일
좀 있어야겠다

이렇게
마음이 편안하면
슬픈 일 슬픈 일
좀 있어야겠다

이렇게
마음이 편안하면
슬픈 일보다 괴로운 일만은
좀 있어야겠다
오랫동안 남아 있어야겠다.

칡덩굴처럼

녹슬지 말자
녹슬지 말자
금은보석이 아닐지라도
녹슬지 않는
스테인레스쯤이라도 되어 살자
우리들 마음가짐도

녹슬지 않고
변질하지 않는
스테인레스 정도라도 되어 살자
그리하여
서로 정 주며
칡덩굴처럼 얽혀 살자.

어제 오늘 내일

어제는 가고
내일이 오기 전에
오늘이 왔다
내일은
오늘의 미래
또한 오늘은
어제의 그림자다
어제는 어제이고

오늘은 오늘이고
내일 일은 모른다
내일은 어떤 날인지
무슨 운명의 날인지
아무도 알 수 없다
오늘은 싫은 날이지만
내일은 좋은 날이기를
기대하면서.

어설프게

한 쪽 날개가 찢어진
고추잠자리야
고추잠자리야
너와 나는
나와 너는
어설프게
어설프게

날아다니며
빙빙 날아다니며
나의 飛行은
돌고 돈다
어설프게
어설프게.

말하자면

살아가는 일이
신난다면 신나고
괴롭다면 괴로운

내 나름대로
내 멋대로 살아온
한 세상,

풍뎅이처럼 날아다니거나
달팽이처럼 더듬거리거나
물방개처럼 헤매거나

산다는 게
다 그런 거지
부질없다면 부질없고
하염없다면 하염없어라.

새들

새들
푸른 하늘 그리워
무작정 날아갔다가
다다를 수 없는 하늘이기에
되돌아왔다
발 디딜 데 없는 하늘이기에
되돌아왔다

그 하늘 무한하여
되돌아왔다
되돌아와서
날개 지치어
나뭇가지에 앉아
두리번거리는
새들.

어둠 속으로

하루해가 뉘엿뉘엿
높은 빌딩
이마에 빛나더니
아랫도리가 잠기며
점점 어둑어둑하더니
어둠 속으로 어둠 속으로

침몰하는 빌딩
더 높은 어둠 속으로
침몰하는 빌딩
깊고 깊은 어둠 속에
캄캄한 어둠 속에
가라앉은 빌딩.

여름의 시작은

여름의 시작은

미니스커트 입은
스물 안팎 계집아이들의
허벅다리로부터

인심마저 메마른
오랜 가물음으로부터

포근하지만
변덕스러운
요즈음의 날씨로부터

여름의 시작은
시작한다.

가을의 마지막은

식어가는 가을 날,
뜰에 내려앉은
햇빛이 수척하다

울고 울던
귀뚜라미 울음 소리는
서리바람 속으로
묻어버리고

나뭇잎마저
아낌없이 날려버리면
주춤거리지 않고
겨울이 다가온다.

더도 말고

더도 말고
남이 나를
보고 싶을 만큼이라도 되어
살고 싶다
잊을 수 없어

안 보면
보고 싶을 만큼이라도 되어
살고 싶다
더도 말고
더도 말고.

키처럼

키처럼
까불고 까불면
껍데기는 날아가고
알맹이만 남는 것을

까불기만 하고
알맹이는 없는
그런 妄動은 말고

까불고 까불어서
알맹이만 남아라
키처럼
키처럼.

고향 나름

고향이
멀면 멀수록
그리움은 더하고

고향이
가까우면 가까울수록
생각이 멀다

가고 싶어도
갈 수 없는 고향은
더 더욱 그리움에
사무치는 것을

내 고향은
걸어서 몇 십리
가깝고도
먼 고향이여.

바다 보며

바다가
아무리 넓다한들
수평선까지가 모두
내 눈 안으로 들어온다

육지에 담겨 있는
바다인지 바다에

떠 있는 육지인지
자꾸만 넘치는 바다이다

눈을 감으면
바다는 없다
다만
갈매기 울음 섞어
파도 소리를 듣는다.

하늘로 가는 바람

멀리 가는 바람인가
하늘로 가네
거침없이 멀리 멀리
하늘로 가네
가도 가도 하늘뿐인
하늘로 가네

하늘에서 사라질
하늘로 가네
바람은 바람
바람 따라 구름 가는
하늘로 가네.

꿈속의 꿈

꿈속에서
내가 누워 잠자는 나를 본다
나와 나는 똑 같은 꿈을 꾼다
길 잃은 꿈을 꾼다
길을 잃고 헤매는 꿈을 꾼다
가도 가도 모르는 길이다
길이 자꾸 좁아지며
길 아닌 길도 걸어간다
언덕을 오르내리며

흙탕물이
발등까지 올라오는 길을 걸으며
빈 집들 뿐인 저승 같은
골목길을 가다가
한 두 사람 만나 길을 물으면
아무 대답 없이 그냥 지나간다
그러다가
막다른 골목에 부딪치며 잠을 깬다
흉몽일까.

끝 없는 끝

하늘의 끝은 없지만
지평선까지가
하늘 끝
땅 끝이다
수평선까지가

바다 끝
하늘 끝이다
끝 없는
하늘 끝을 본다
끝 없는 끝을.

지는 꽃

와 와
벚꽃이 지고 있다

시위인가
난리이다

아름다운
시위를 보았는가
벚꽃이 지고 있다

나비 나비 나비
흰 나비 나비
나비 떼들의 시위이다

와 와
지는 꽃도 아름다워라.

잠이 없는 밤에

새벽을 열기 위하여
캄캄한 밤이다
별은 너무 멀리 빛나고
달도 없는 밤이다
밤이 싫다
잠이 오지 않는 밤이면
더욱 밤이 싫다

밤이 압박한다
갑갑하다
잠이 없으니
꿈이 없다
점점 맑아오는 눈망울
새벽은 아직 멀었나보다.

까치집 工法

까치가
까치집을 짓는
工法을 아느뇨

큰 키 나무
높은 터에
그들이 말하는
각가지 木材를 물고 와서
단단하게 얽어 만들은 집.

그 집을
거센 비바람이

마구 흔들어
못 견디게 괴롭혀도

한사코
무너지지 않는
부서지지 않는

까치가
까치집을 짓는
그런 工法을 아느뇨

조바심

가려워
가려워
마음을 긁는다
기다리고
기다리고
마음이
마음을 긁는다

마음이
마음을 긁는다
가려워
가려워
마음이
마음을 긁는다.

술

적당히 취했으면
브레이크를 밟아라
정지하라 정지하라고
마음먹었으나
브레이크가 말을 듣지 않는다.
모르겠다

될 대로 되어라
그래서 그래서
그날은
황홀하게 황홀하게
나는 죽었다
다음날
다시 살아나면서.

그게 그거다

산에 올라가는 것은
내려오기 위하여
올라간다

버스의
시발점이 종점이고
종점이 시발점이다

끈을 보아라
앞뒤가 없듯이
앞뒤가 마찬가지다

마찬가지는
매 한가지다
그게 그거다.

그날이 그날같이

그날이 그날같이
오늘도 어제처럼
내일이고 모래고
날이면 날마다
구겨버리고
찢어버릴 수 없는
기다림으로 산다

저기 저
길 가 언덕 위에
키대로 서서
기다리고 있는
미루나무들을 보아라
왜 저들은
기다림만으로 서 있는가를
이제 조금은 알 것 같다.

한순간

하늘의 축제인가
먹구름이 몰려 와서
천둥 벼락 치더니
한 순간 소나기가
영원을 짓밟으며
지나가고,
그런 일이 있었을 뿐

아무 일도
아무 일도 없었다고
어두운 구름을 열고
푸른 하늘이
환하게 말 하더라
해가 웃더라.

바람의 몸짓

바람이 불고
나무가 흔들릴 때마다
한 걸음 한 걸음
디디며 걸어가는 것 같은
바람의 몸짓이다

어디론가
디디며 걸어가는 것 같은
바람의 몸짓이다
마음이 가는대로
가지를 뻗으며.

생각이 생각을

생각이 생각을
뭉개버리고
자꾸
생각이 생각을
뭉개버리고
문질러 뭉개버린다
생각하고 생각해 봐야

말이 말이 아니다
생각이 말이 아니다
詩의 모습이 아니다
또 다시
생각이 생각을
뭉개버리고
문질러 뭉개버린다.

세월 따라 간다

달력이
또 한 장 찢어지고
또 한 달이 올라붙는다
돌아볼 사이 없이
또 한 달이 올라붙는다

뒤돌아보면
또 한해가 가고

뒤돌아보지 않고
세월은 간다

세월의 끝은 어디까지인가
가깝다면 가깝고
멀다면 먼
세월 따라 간다
세월 따라 간다.

눈

아 이젠
하늘이 침침하고
땅이 침침하고
세상이 침침하구나
누구일까
누구일까

그대들의 얼굴이 침침하다
그러면 그런대로
침침하면 침침한대로
세상을 보자
보이지 않을 때까지.

爽快한 아침의 幻想

아침
창문을 열고 내다보니
벌써 구름이 산등성이에 있다
희고 빛난다
(얏호 !)
하늘은 푸르고 푸르다
마음이 물든다

온통 하늘빛으로 물든다
날 것만 같다
마음의 날개를 달고
날자 날자
길은 얼마든지 있고
넓고 넓다.

찔레꽃 밭에서

찔레꽃 향기
소싯적 누님의
가루분 냄새 난다
그 가루분 향기 그리워라

산에 들에
반짝 반짝

꽃에 꽃을 피워
그리움을 그리워하게 한다

찔레꽃 밭의
찔레 가시에 찔린
새파란 하늘
유난히 새파란 하늘
그 고향 하늘이 그리워라.

비를 맞으며

오동나무가 조용히
비를 맞으며 서 있다
잎잎을 덮어 쓰고
비를 맞으며 서 있다
기다려도 오지 않는

그리움 때문일까
아무 말도 하기 싫은 듯
그 자리를 떠나지 못하고
비를 맞으며 서 있다.

오동나무는 코끼리를 닮았다

오동잎이
코끼리의 귀를 닮았다
코끼리의 귀가
오동잎을 닮았다
오동나무가 온통 일렁일 때 마다

코끼리의 걸음걸이를 닮았다
느릿느릿 걸어가는
코끼리를 닮았다
네발걸음의 코끼리를 닮았다.

가득 찬 빈 병

빈병에
가득 차고
넘치는 것은
보이지 않는
바람인가
영혼인가
마음 다 비우고
빈 마음에는

무엇으로
가득 차게 하는가
가득 찬
빈 병 같은
빈 마음이여
가득 찬
빈 병이여.

휘젓는 것

바람이 불어가는 쪽으로
구름이 흘러가고
나뭇가지가 휘젓는다

불어가는 것은 불어가고
흘러가는 것은 흘러가고
나뭇가지가 휘젓는다

저기 모든
떠나보내는 마음으로
나뭇가지가 휘젓는다.

가을밤에

깊어가는 가을밤에
홀로 우는 귀뚜라미
목이 쉬도록 울고 울면
나뭇잎이 물들겠네

방에서인가 밖에서인가
귀뚜라미가
귀뚜라미를 부르며
울고 우는 귀뚜라미 한 마리

같이 울어줄
귀뚜라미가 없어
혼자 울고 울면
서리 서리 내리겠네

이 가을밤에
이 가을밤에.

삶

점점 다가간다
점점 가까워온다

어느새
남은 길이 보일 듯 보일 듯
지난날들이
가물가물 멀어져간다

세월이 가다가
휘청거리는가
휘청거리며 살아간다

내 멋대로 살아온
한 세상이 저물어간다.

내리막길에서

비탈길은
내 나이다
내리막길은
내 나이다
이제는
굴러 굴러가는
비탈길이다

쉬지 않고
굴러 굴러가는
내리막길이다
굴러 굴러가다가
굴러 떨어질
내 나이다
이제는.

하루 하루

가며 오며
언덕길을 오르내리며
절뚝절뚝 걸어간다
가다가 쉬고
가다가 쉬고
절뚝거리며 오고 간다

밤이면 밤
단단한 마음으로
가는 데까지
갈 수 밖에 없는
그럴 수밖에 없는
그런 하루 하루.

마음만의 사랑

여자여
여자여
내가 너를
사랑하지만
사랑스러울 뿐이다

다시 말하자면
차고 넘치는
내 나이가

내가 너를
사랑하지만
사랑스러울 뿐이다.
여자여
여자여.

내가 당신을 사랑한다면

내가
당신을 사랑한다면

나는
당신의 어린아이가 되고 싶다

나는
당신의 어린아이가 되어

내가
당신을 참으로 사랑한다면

나는
당신의 어린아이다

나는
나는.

歸巢

술 한잔 하고
가족이 기다리는
사람과는 헤어지고

캄캄한 어둠만이
기다리는 곳으로 나는 간다

날마다
밤마다

보금자리로
골방 둥지 속으로 간다

밝게 살자
밝게 살자 하면서.

마음의 무게

대문 밖에
골목길은
바람의 통로인가
내 몸 무게가
쓰러질 듯 쓰러질 듯
바람이 거세다

그러나
마음이 내 몸 무게보다
더 무겁다 말인가
쓰러질 듯 쓰러질 듯
쓰러지지 않는
마음의 무게여.

쓸 데 없는 생각

몸이 마를수록
몸이 더 무겁다

힘이 없기 때문이다
힘이 없기 때문이다

나이의 무게가
이렇게 무거울 줄이야

이제 살만큼 살았다만
저승이 있는지 없는지
한번 가보고 싶다

이런 쓸 데 없는
생각을 생각하며.

멍텅구리

멍텅구리는
도치과의 목이 두툼한
바닷물고기라고 적혀 있다
생김새가
어리석하게 생겼는지
어리석한 사람을 보고

멍텅구리라고도 한다
일일이 어리석은 짓만 하는
나는 멍텅구리다
그래 나는 멍텅구리다
멍텅구리이고 싶다.

남은 나의 나이로

절뚝거리며
더듬거리며
침침하게 세상을 본다
또 그렇게 살아간다

지나간 날
후회할 일 있으면 후회하며
남은 나의 나이로 살아간다

잘한 노릇 별로 없고
고맙다는 말만 하며
남은 나의 나이로 살아간다
그리고 그리고.